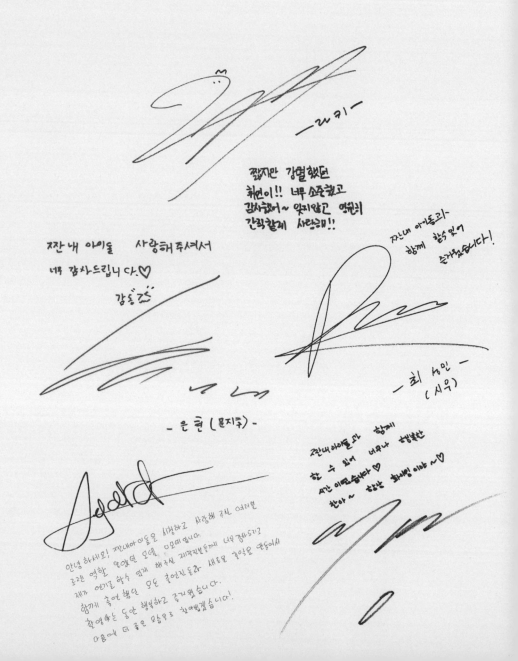

— 라키 —

짧지만 강렬했던
취면이!! 너무 소중했고
감사해여~ 잊지않고 영원히
간직할게 사랑해!!

자란 내 아이돌   사랑해 주셔서
너무 감사드립니다.♡

강동건

자란내 아이돌과~
함께 함이 있기
즐거웠습니다!

— 최 성민 —
(시우)

— 은 현 (문지후) —

자란내 아이돌과 함께
한 수 있어 너무나 행복한
4간 이였습니다 ♡
찬아~ 찬하 화이팅 이나~♡

안녕 하세요! 자란내 아이돌을 시청하고 사랑해 주신 여러분
로긴 역할 맡았던 오예니 모예니 입니다.
제가 연기를 하수 있게 해 주신 제작진분들께 너무 감사드리고
함께 촬영 했던 모든 출연진들과 새로운 촬익을 나두어서
함께 즐거 했던 모든 출연진들과 즐거웠습니다.
촬영하는 동안 행복하고 즐거웠습니다.
다음에 더 좋은 모습으로 찾애뵙겠습니다!

돈을 벌어야 한다.
어쩌다 내 인생이 여기까지 왔지?

BROKE ROOKIE STAR
PHOTO ESSAY

짠내아이돌

초판 1쇄 인쇄 2023년 11월 15일
초판 1쇄 발행 2023년 11월 29일

지은이 PH E&M
펴낸이 정은선

펴낸곳 ㈜오렌지디
출판등록 제2020-000013호
주소 서울특별시 강남구 선릉로 428
전화 02-6196-0380 | **팩스** 02-6499-0323

ISBN 979-11-7095-055-4 (03810)

www.oranged.co.kr

BROKE ROOKIE STAR

PHOTO ESSAY

리얼리티 아이돌 생존기

PH E&M 지음

orangeD

CONTENTS

CHARACTER

휘연

> 뭐! 정산? 아직 마이너스야!

엑스피어스의 메인 보컬. 실패한 솔로 3년 차 가수였으나 매니저의 추천으로 엑스피어스에 뒤늦게 합류했다. 엑스피어스의 1집이 역주행하면서 폭발적인 인기를 끌게 되지만, 1집 활동을 함께하지 않았기에 팬들에게 소외당한다. 다른 멤버들과 수입 자체가 다르고 심지어 솔로 활동으로 회사에 남아 있는 빚만 가득하다. 생계를 위해 회사와 멤버들 몰래 PPL 알바를 감행하지만 현실은 녹록지 않다. 과연 휘연은 짠내 나는 현실을 바꿀 수 있을까?

> 확 펑크 내고 쫓아가버릴까?

은현

엑스피어스의 리더. 춤이면 춤, 노래면 노래, 연기와 미모까지 모든 게 완벽한 인지도 1위 멤버. 엑스피어스의 역주행을 이끌어낸 장본인으로, 남자다운 얼굴에 묵직하고 시크한 섹시미까지 두루 갖춘 멀티 플레이어지만 완벽한 은현에게도 멤버들에게 차마 말하지 못한 비밀이 있었으니⋯⋯.

시우

> 나 모태 솔로야.

엑스피어스의 메인 댄서. 업계에서 모르는 사람이 없고, 모르는 소식도 없는 초인싸. 다정하고 섬세한 성격으로 알뜰살뜰 팀을 챙기는 분위기 메이커다. 팬들 사이에서는 은현과 1, 2위를 견줄 만큼 인지도를 지니고 있다.

찬 이 복수는 무조건 함께한다.

엑스피어스의 서브 보컬이자 서브 댄서. 조용하고 범생이 같은 이미지를 지녔지만 엉뚱한 상상력과 자기만의 세계가 확고한 4차원이다. 김치볶음밥을 가장 좋아하는 세상 순둥이지만 바람난 애인만큼은 절대 참을 수 없다.

뭘 봐, 인마! **로렌**

엑스피어스의 래퍼. 차에서도, 숙소에서도, 대기실에서도 언제나 잠들어 있다. 드라큘라처럼 새하얀 피부색과 신이 내린 기럭지에, 마네킹 같은 완벽한 외모를 지닌 옴 파탈. 프랑스 혼혈이지만 한국말? 문제없다!

장 매니저
엑스피어스 전담 매니저. 늘 멤버들을 다독이고 챙기는 든든한 맏형 역할을 담당한다.

김한수
광고 대행사 대표. 뻔뻔한 추진력과 확고한 신념이 있다. 고객님을 위해서라면 무엇이든 최선을 다하겠다는 마인드. 항상 휘연에게 툴툴거리지만 마음속 깊이 휘연을 아끼고 응원하고 있다.

조아라
걸 그룹 '블랙골드'의 멤버이자 은현의 여자 친구. 은현과의 비밀 연애를 힘들어한다.

김한슬
언론사 신입 기자. 수습이긴 하지만 의욕과 똘끼만은 베테랑이다.

설혜인
휘연의 전 여자 친구. 의사가 되어 휘연과 마주한다.

BROKE ROOKIE STAR

EP. 01

걸리면 내 인생 끝이다

▶ 자, 다들 고생들 하셨고. 스케줄이 만만치 않지?

▶ 나는 없다. 스케줄이⋯⋯.

▶ 장 맴! 저희 이제 올라갈게요.

▶ 응.

▶ 잠깐만.

▶ 깨워서 들어가. 얼마나 피곤하면 머리만 대면 자냐.

▶ 스케줄이 헬이니까 그렇죠. 차에서 안 자면 잘 시간 없어요.

▶ 수고들.

▶ 형, 안 씻어?

▶ 일어나서 씻을래. 어차피 잠깐 눈 붙이는 건데. 죽겠다, 지금.

▶ 그래, 나도 그냥 잘래.

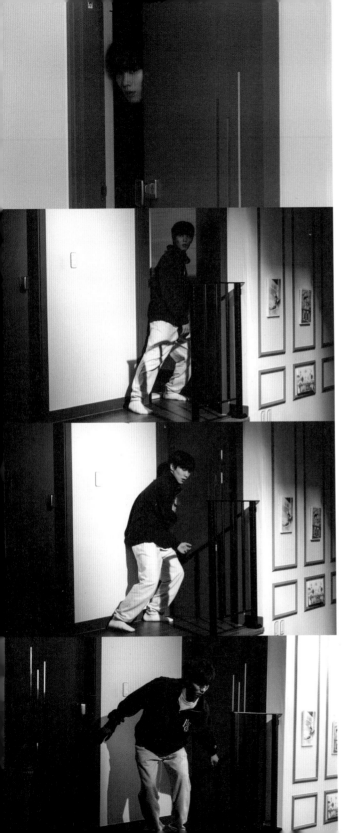

▶ 나의 삶은 지금부터
   시작이다.
   밤샘엔 체력,
   체력에는 식량 수급!

▶ 저 자식은 새벽만 되면 화장실을 왔다 갔다 해.

▶ 나는 아이돌이다.
수많은 팬들의 인기를 등에 업은 엑스피어스의.
하지만 내 팬은 없다.

▶ 모든 자존심을 내려놓은 지는 한참 됐다.
　나는 돈을 벌어야 한다.

▶ 아, 모닝콜!

▶ 돈을 벌어야 한다. 어쩌다 내 인생이 여기까지 왔지.

▶ 그니까, 대표님의 큰엄마의
조카의 절친. 내가 여기서
노래를 왜 해야 되냐고! 이게 맞아?

▶ 혹시 엑스피어스라고 알아?

▶ 뭐… 뭔 피어스?

▶ 1집이 망했긴 했는데 2기 멤버 구한대.
형 커리어 정도면…….

▶ 끊어. 자존심이 있지.
차라리 여기서 노래를 부른다.

▶ 이게 다 무슨 의미냐. 이제 와서. 잠이나 잡시다! 맞다, 피부 관리.

▶ 20분 기다려야 되는데… 근데 이불이 너무 푹신해.　▶ ▶ ▶

▶ 그러게. 사람 인생, 진짜 모른다.

▶ 갑작스럽게 들어간 비인기 아이돌 그룹 엑스피어스는
1집 뮤직비디오가 뒤늦게 대박이 터졌고 이슈를 받기 시작했다.
그렇지만 뮤직비디오에 나는 없었다.

▶ 휘연 오빠, 여기 한번 봐주세요! 휘연 오빠 멋있어요!

▶ 뭐야, 날 부른 건가? 드디어 휘연 인생도 26년 만에 빛을 보는 건가?

▶ 아, 이모 때문에 깼잖아요.

▶ 뭐, 좋은 꿈이라도 꾼 겨? 좋은 꿈이면 뭐 혀. 이뤄지지도 않을 꿈을.

▶ 근데 아이돌이 잠을 자는 직업이던가?
▶ 어제 새벽 스케줄이었습니다!

▶ 코 길어진다, 코 길어져.
▶ 코가 왜요.
▶ 피노키오!

▶ 뭐래. 내 삶은 내가 개척해나갈 거예요.
왔다, 섭외 문자!

BEHIND CUT

BROKE ROOKIE STAR

EP. 02

나도 좀 먹고 살자

▶ PPL 대행사라고 하지 않았어요?

▶ 맞아, 그러니까 이건 어그로야.
사람들은 말이야, 우리 일을 흔히들 심부름센터 혹은 흥신소라고 이야기하지.
우리 일은 말하자면 이 나라의 경제 발전을 위한 일종의 서비스업이라 할 수 있지.

▶ 그게 심부름센터예요.

▶ 동료가 되지 않겠나? 이 제품을 은현이 쪽에서 깠어.
　　은현이에게 이 제품을 노출시키는 것, 그게 성공 조건이야.

▶ 지금 이 PPL을 하면 당장은 살지 모르나 정신은 죽는 것과 마찬가지. 허나 하지 않는다면?
　　그래, 나도 아이돌이다. 해? 말아? 아무리 돈이 없어도 이건 아니야.

▶ 여보세요? 장 맴, 오늘 은현이
　　저녁 스케줄이 어떻게 된다 그랬지?

▶ 되는 건가? 와, 제가 채팅창이 안 보이네요. 너무 빨라. 신기하다.

▶ 사랑하는 내 친구 은현이,
　뭐 하고 있니!

▶ 네가 여기 웬일이야?

▶ 사랑하는 내 친구가 라방을 최초로
　한다고 그래서 도움 좀 주러 왔지.
　괜찮아, 하던 거 해.

▶ 어, 알았어…….

▶ 그러니까 저희 이번 포인트 안무가
　진짜 어렵지 않아요.
　어렵지 않죠?

▶ 많은 분들이 궁금하셨을 거예요. 이 버너 괜찮을까? 가스가 새지는 않을까?
가스 감지기가 아주 기가 막히게 가스를 감지합니다.
그리고 심지어 휴대용이라고, 휴대용!

▶ 하하! 제발, 제발!

▶ 저 그 PPL 노출시켰어요, 은현.

▶ 멘트 확실히 쳤어?

▶ 확실해요.

▶ 나 바빠, 이따 얘기해.

▶ 사기꾼이 아닐까? 돈은 당장 필요한데…
　내일 뒈질지도 모르는 인생. 어찌 이리 가혹하단 말입니까!

▶ 형, 나 이거 어때? 핏 좀 이상해졌지.

▶ 야야야, 그거 버려야겠다.

▶ 그치?

▶ 줘봐, 내가 버리고 올게.

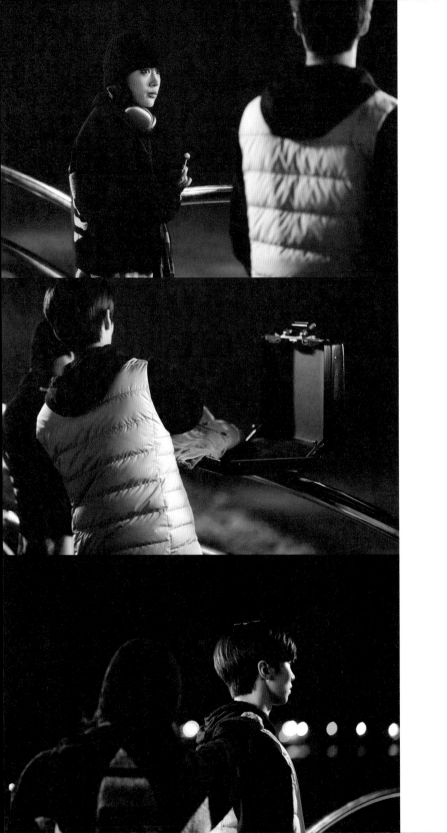

▶ 저, 혹시… 맞나요?

▶ 총알은?

▶ 네?

▶ 총알. 현금 말이에요, 현금.

▶ 잠깐, 물건부터 보시죠.

▶ 그러시죠.

▶ 궁금한 게 있는데요. 이거 어디서 났어요?

▶ 거래하고 싶지 않으시다면 안 하셔도 괜찮습니다.

▶ 동작 그만. 너 누구냐?

▶ 어, 차은우다! 튀어!

▶ 헐… 타조야?

▶ 이거 형, 버린다고 가지고 가지 않았어?

▶ 패션이란 게 말이야. 소화하기 나름 아니니.
  딱 쪼이는 스타일로 입어줘도 괜찮겠다 생각이 들어서. 오픈 스타일로 어때?

▶ 형, 신발은⋯⋯.

▶ 이거 최신 유행 아방가르드 스타일!

▶ 엄마, 나 잘 살고 있는 거지?

▶ 우리 아들, 무슨 일 있었어?

▶ 아무 일도 없어. 그냥 가끔 내가
쓸데없는 존재가 아닌가 생각이 들어.
사람들은 계속 앞으로 가는데
난 제자리걸음만 하는 것 같고……
처음엔 옆모습이라도 보였는데
이젠 뒷모습도 안 보이는 것 같아.

▶ 아들, 아들이 그랬지? 조금만 기다려달라고.
사실 엄마는 기다리는 거 아니야.
그냥 지금이 좋아. 우리는 도구가 아니잖아.
우리 아들이 존재해주는 것만으로도
엄마한테는 의미가 있어.
그러니까 그냥 있어. 그래도 돼. 그냥 있어.

BROKE ROOKIE STAR

EP. 03

아이돌 파파라치?

▶ 웬일로 집?

▶ 촬영 방금 끝났어.

▶ 또 김치볶음밥. 지겹지도 않나?

▶ 먹을래?

▶ 멋진 자식.

▶ 김치가 왜 써, 태웠나? 와, 김치 먹고 암 걸리겠네.

▶ 이거 우리 엄마가 보내준 건데…….

▶ 김치볶음밥은 탄 맛이지! 불 맛 제대론데? 많이 먹어!

▶ 더 먹어.

▶ 쓰레기 다 찼는데 내놔야지.

▶ 저기요, 실례합니다만.

▶ 깜짝이야! 사람이 인기척이 없어요.

▶ 죄송합니다. 이거 극비인데, 저 데스패치 기자입니다. 수습이긴 하지만요.

▶ 나에게도 드디어 데스패치가? 이것이 바로 아이돌의 삶인가!

▶ 여기가 엑스피어스의 숙소라는 소문이 있던데,
사실인가요?

▶ 네? 그 친구들 생각보다 바쁩니다. 집에 없을 거예요.

▶ 아는 사이세요?

▶ ……

▶ 저는 취재가 바빠가지고. 혹시 생각나시는 게 있으면
언제든지 여기로 연락을. 그럼, 수고.

▶ 오늘 나는 나를 버린다.

▶ 왜 놀이공원으로 오라고 했는지 했어.

▶ 아니, 그럼 뭐 대단한 거라도 있을 줄 알았냐.
너 근데 이 점은 뭐냐? 네가 민소희야, 뭐야.

▶ 그래도 나름 아이돌인데 들키면 안 되잖아요.

▶ 숨 막혀요.

▶ 구멍 좀 크게 뚫어놓으라니까, 이 사람들.

▶ 대표님!

▶ 그냥 흔들어, 임마!

▶ 선글라스? 지네가 연예인인 줄 아나.
잠깐, 쟤네들!
쟤네들이 왜 여기 있어?

BEHIND CUT

BROKE ROOKIE STAR

EP. 04

아이돌의 비밀 데이트

▶ 뭐야, 은현이가 왜 여기 있냐. 바쁜 데도 할 건 다 하고 이 불공평한 세상.
잠깐만, 얘 블랙골드 아라 아니야? 아이돌은 절대 안 만날 거라더니, 이 자식. 부럽잖아!

▶ 어! 인형이다!

▶ 야, 각오해라. 저들은 지금부터다.

▶ 아저씨, 이거 얼마 받고 해요? 얼굴 좀 보여줘요!

▶ 하, 힘드네요.

▶ 야, 그럼 세상이 그렇게 호락호락할 줄 알았어?

▶ 야, 이 물도 알바비에서 까는 거야!

▶ 예? 그럼 주세요!

▶▶ 어? 한 입만!

▶ 잘 나왔지?

▶ 그러네.

▶ 진짜 자랑하고 싶다.

▶ 지금 잘못한 게 하나도 없다는 거예요?

▶ 한 입만 달라고…….

▶ 그래서 지금 잘했다는 거예요?

▶ 아싸! 멍청이!

▶ 야, 얼굴 가려!

▶ 뭔가 마음이 편안해. 이곳은 천국?

▶ 오빠!

▶ 뭐야, 너 휘연이 맞아?

▶ 그냥 가, 쫌!

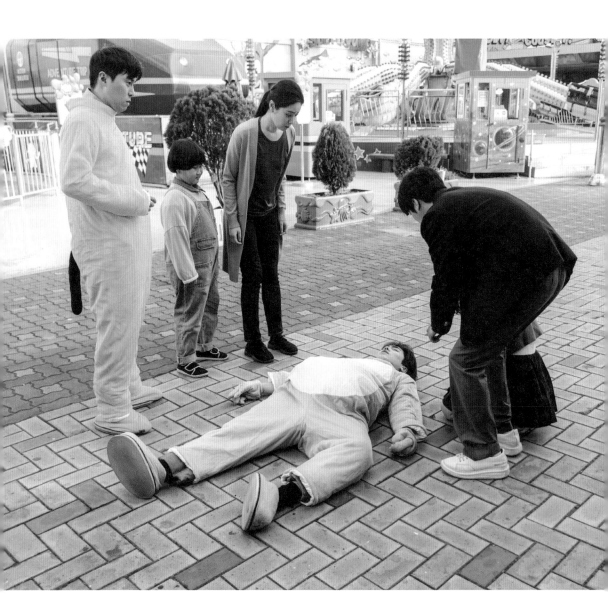

▶ 은현이는 지금 아라랑 청춘을 즐기고 있는데
　내 청춘은 어디 가고!

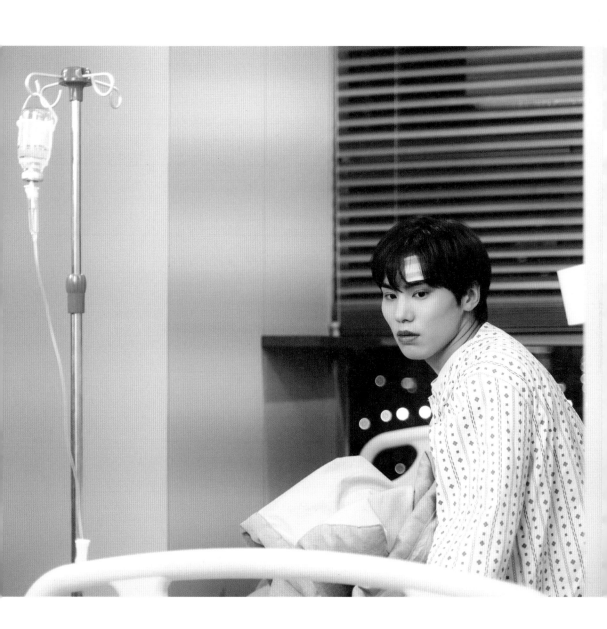

▶ 난 왜 여기 있냐고! 청춘이 없는 사람도 있다고오!

▶ 혜인아……,

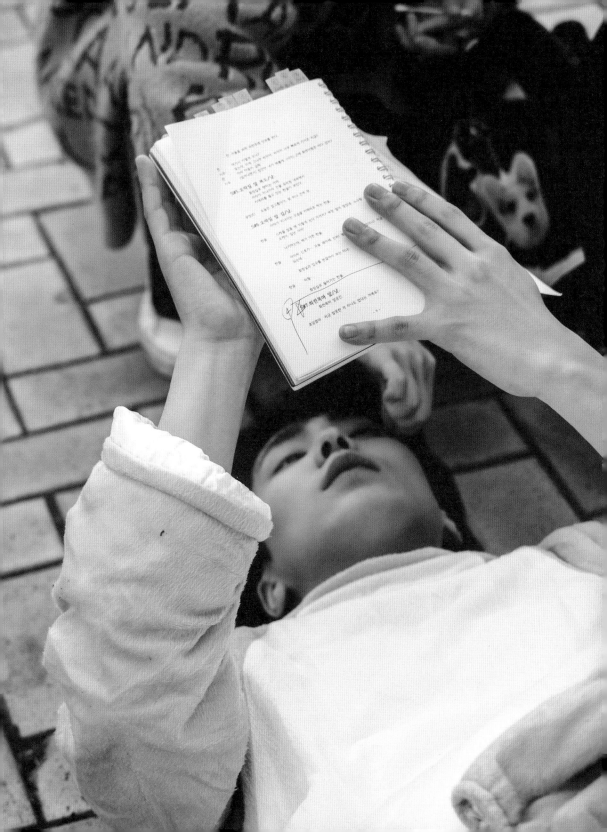

BROKE ROOKIE STAR

EP. 05

안녕, 첫사랑

▶ 어, 저 타야 되는데……

▶ 다 왔다. 도로는 끝났는데 골인 지점은 어디지?

▶ 너 아직도 걸어 다니니?

▶ 설혜인?

▶ 또 만났네.

▶ 그때 깜짝 놀랐어. 갑자기 뛰쳐나가서.

▶ 아… 급한 일이 있어서.

▶ 그게 아니고. 너 수납 안 하고 갔더라.

▶ 나 아이돌 데뷔했어.

▶ 지금 활동 중이야?

▶ 그냥… 있어.

오늘 진짜 좋다.

왜?

밖에서 만나는 거
쉽지 않으니까.

미안.

괜찮아, 스릴 있고 좋은데.

▶ 나 연애해도 되는 거냐. 그런 사치 부려도 되는 거냐.

위연아, 내가 진짜 답답해서 그래. 우리 만나는 2년 동안 뭔가 될신이 있었어?
나 진짜 참고 기다렸어. 나 이런 거 안 먹어도 돼. 아니, 안 먹어.

▶ 혜인아…….

▶ 만약에, 만약에 말이야. 내가 갑자기 사라지면 어떻게 할 거야?

▶ 무슨 말이야, 갑자기.

▶ 만약에 내가 갑자기 사라진다면 우리 그때 그만하는 거야.

▶ 뭐?

▶ 서로가 조금이라도 싫으면 갑자기 사라지는 거야.
　그럼 쿨하게 그만 만나는 거라고.

▶ 참, 사람이 어떻게 갑자기 사라져. 그래, 쿨하게 헤어져.

▶ 설혜인! 나와보라고! 내가 쿨하게 끝내려고 했어. 근데 진짜 내가 말이야,
이유나 좀 듣고 갈게. 안 붙잡는다니까!

▶ 뭐야, 이 자식이 진짜! 그새 남자를 갈아타?

▶ 우리 아빠야.

▶ 장인어른? 동안이시네요.

▶ 대체 왜. 도대체 이유가 뭔데.

▶ 그만하고 가. 할 말 없으니까.

▶ 이유만 듣고 갈게.

▶ 찌질하니까!

그럼 어떡하냐. 진짜 돈이 없는 걸 어떡해?

진짜 없는데 뭐라도 해주고 싶으니까. 만나지 마? 사채라도 받을까?

내가 돈 때문에 이러는 거 같애?

그럼 뭔데!

너 진짜 나를 속물로 보는구나. 노력하지 않는 네 모습 때문이야.

내가 무슨 노력을 안 했는데?

▶ 그럼 넌 항상 최선을 다했어?

▶ 난 나름 노력했어.

▶ 그래 나름. 누가 만들었는지 몰라도 진짜 좋은 말이야.
끊임없이 자기 위안이 되는 말이니까.
나 의사 고시 합격했어. 좀 됐어. 인턴 자리 알아보는 중이야.
잘 생각해봐. 내가 뭐 때문에 너랑 관두는지.

▶ 사람이 한 번 만나면 우연이지만, 두 번 만나면 우연이 아닐 수도 있대.

▶ 그래서 지금 식상하게 다시 만나보자던가 뭐 이런 생각이라면 접어.

▶ 나 결혼해.

▶ 아니야, 하하! 진부해. 진짜 진부해.

BEHIND CUT

BROKE ROOKIE STAR

EP. 06

너와 결혼할 사람

▶ 전 여자 친구 결혼식에서 축가를 부른다고? 어떡하려고?

▶ 복수할 거야.

▶ 그걸 왜 나한테 말해, 나 바빠.

▶ 도와줘.

▶ 도와달래.
▶ 나 모태 솔로야.

▶ 나 한국 사람 한 번도 만난 적 없어.

▶ 잠깐, 얘 한국말 할 줄 알아?

▶ 몰랐어?

▶ 이렇게 생겼는데 한국말 하는지 어떻게 알아?

▶ 이제부터 친해지면 되겠네.

▶ 뭘 봐, 인마!

▶ 내가 형이야, 이 자식아!

▶ 부탁? 뭔데, 나 김치볶음밥 먹어야 되는데.

▶ 너 막상 들어보면 생각 달라질걸?
　전 여자 친구 결혼식에 축가 요청을 받았대.

▶ 미친 거 아니야? 바람피운 것들은 다 죽어야 돼!

▶ 혜인이가 바람피운 건 아니고······.

▶ 무슨 일이 있어도 이 복수는 함께한다.

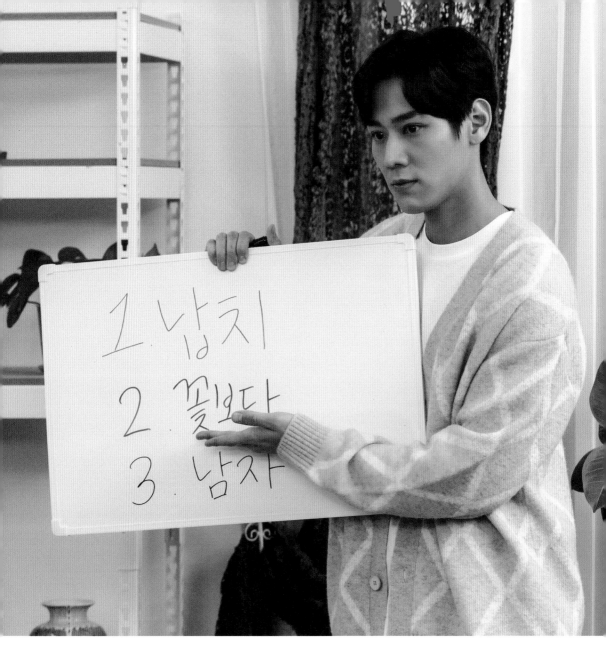

▶ 자, 계획은 디테일이 생명이다.

▶ 왜 네가 더 난리야!

▶ 바람피운 것들은 다 죽여버려야 돼!

▶ 됐다, 됐어. 뭔 복수냐.
술맛이 어떠냐. 그래, 네 말이 맞다. 저가형 와인인데
떫지, 달겠냐. 떫다, 떫어!

▶ 농담으로 얘기한 건데 진짜 올 줄은 몰랐네.

▶ 어떤 놈이랑 결혼하는지 궁금해서
  인스타에서 봤다ᆢ 들어오면서 봤다.
  어떤 놈인지. 고맙다. 네가 놓쳐줘서
  좋은 사람 만났다.

▶ 어?

▶ 됐고. 죽을 때까지
  네 생각 안 날 것 같다.

▶ 왁!

▶ 그만 쫓아와요

▶ 같이 식사해요.

▶ 나 체했어요!

▶ 저기요! 손을 잡았잖아요!
  오빠!

▶ 이게 뭐야, 김한슬…?

BEHIND CUT

BROKE ROOKIE STAR

EP. 07

아이돌 삼각관계

► 휘연아, 너 이게 말이 된다고 생각해?

► 그게… 무엇보다 중요한 건 이 친구는 제 여자 친구가 아닙니다!

► 휘연이가 비밀이 많은 놈이었네요.

► 아, 진짜! 안 하면 될 거 아니에요. 아이돌 안 한다고요.

▶ 그냥 사실이라고 기사 뿌린다.

▶ 이러다 잘못되면 어쩌려고 그러세요! 제가 휘연이랑 얘기해볼게요.

▶ 아니, 그러니까 네가 왜!

▶ 엑스피어스는 하나니까!

▶ 둘이 어떻게 그런 사진이 찍히냐고!

▶ 뭐? 너 사진 똑바로 안 봤니?

▶ 너 진짜 그러는 거 아니야.

▶ 걔 내 스타일이 아니에요! 아니, 잠깐만.
　나랑 아라 사진을 어떻게 찍은 거지?

▶ 사실 오랫동안 당신을 쫓고 있었어요.

▶ 미안하지만 당신한테 내줄 시간 따윈 없어!

▶ 난 바쁜 몸이라서… 언젠가 또 만날 날이 있겠지. 우린 기자와 아이돌이니까.

▶ 연락 한 통 없다 이거지? 소속사를 박차고 나왔는데!

▶ 아, 대표님 죄송합니다.

▶ 뭔 소리야?

▶ 여보세요, 한수 형?

▶ 야, 나도 대표야. 인마!

▶ 왜 전화했어요?

▶ PPL 대행 들어왔어.

▶ 안 해요.

▶ 선입금이라던데?

▶ 어디로 가면 되는데요?

▶ 쭉 틀고 펴고. 천천히 다시 해보자.

연결이 되지 않아 삐 소리 후 −

▶ 형, 어디 가! 형!

▶ 이번엔 찬이야.

▶ 제 PPL이 들어오는 날도 있겠죠?

▶ 출연자시죠?

▶ 출연은··· 네, 출연자죠.

▶ 저희 숏 들어가려면 빨리 준비해야 돼요.

▶ 아, 예.

▶ 그래, 나도 이런 옷 입으면 잘 어울린다니까.

▶ 뭐 해요, 빨리 나와요!

BEHIND CUT

BROKE ROOKIE STAR

EP. 08

이놈을 매우 쳐라!

▶ 그나저나 찬이 이 자식은 어디 간 거야.

▶ 근데 저거 뭐예요?
▶ 못 들었어요? 엎드려요!

▶ 잠시만, 나 왜 묶여? 저기요? 대표님 아니죠?

▶ 시끄러, 인마.

▶ 여기 계시네.

▶ 감시라도 해야 될 거 아니야.

▶ 여기까지 와서 기다린다 그러면 어떡해!

▶ 왜 전화 안 받아?

▶ 연습 중이었잖아. 왜 이래, 진짜.

▶ 기사 봤어? 너랑 휘연이가 어떻게 그런 사진이 찍혀?

▶ 뭐?

▶ 이건 뭐야, 지금?
  아라 쟤는 저거 양다리인가?

▶ 찬, 찬이다!

▶ 휘연이 형? 왜 여기 있어? 옷은 이게 뭐야.

▶ 왔으니까 됐어.

▶ 보출이 왔으면 명단 잘 확인해보고 해야 되는 게 맞는 거 아니에요?
  아이돌들이 이래요. 어릴 때부터 연습생 생활만 주구장창 해와가지고
  혼자서 할 줄 아는 거 아무것도 없고.

▶ 참 그게, 사람 사는 게
  다 그렇고 그런 건데.
  왜 그러셨어요? 참, 그죠?

▶ 에이, 짤렸네.

▶ 아니, 여기서 컷을 한다고? 가는 걸 보여줘야지!

▶ 야, 편집이지.

▶ 진짜 잘했는데.

▶ 형, 나 연기에 소질 있는 거 같아요.

▶ 시끄러워, 인마. 선입금 받은 돈 돌려내야 될 거야.

▶ 좀 더 봐요. 다음 장면 기다려보라고요.

▶ 잠깐만, 너 정말! 휘연애!

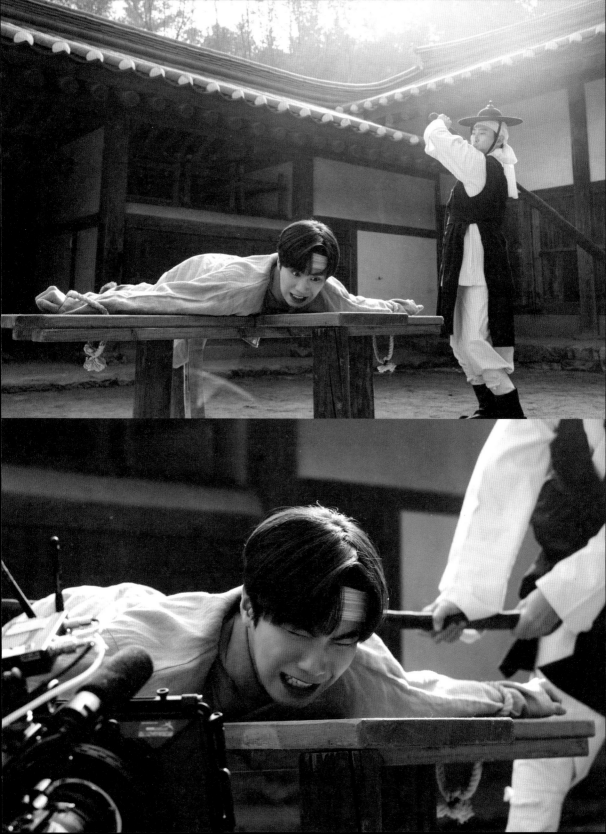

BROKE ROOKIE STAR

EP. 09

뜻밖의 휴일

▶ 사실 나에게는 휴일이 별 의미가 없다.
아마 우리 멤버들과는 많이 다르겠지.

▶ 집에 있었네?

▶ 어? 어……,

▶ 뭘 해야 하지?

▶ 어디 갔다 왔어?

▶ 엄마한테 김치 받으러.

▶ 여기서 뭐 해?

▶ 아, 올라가려고.

▶ 누구랑 통화하는데 그렇게 급하게 끊어?

▶ 엄마.

▶ 엄마가 왜?

▶ 아, 싸워가지고.

▶ 전화해서 사과드려. 술 같이 마실 거지?

▶ 어, 같이 들자.

▶ 아, 되게 어색하네.

▶ 그리고 보니까 우리 멤버들
이렇게 다 같이 모여서 술 먹는 건
처음인 것 같은데.

▶ 맞아.

▶ 이번 분기 정산된 거 다들 알지? 얼마 들어왔어?

▶ 대표님이 이런 거 얘기하지 말라 그랬는데.

▶ 우리끼린데 뭐 어때. 오프 더 레코드지.

▶ 얘기 안 하는 게 좋을 것 같아.

▶ 아, 몰라. 말하지 마!

▶ 왜, 뭐! 정산 공개 안 한다고! 궁금해?
아직 마이너스야!

▶ 요즘 힘들어?

▶ 어.

▶ 무슨 일인데?

▶ 요즘 사이가 예전 같지 않아. 나 결혼 생각까지 있어.

▶ 그래, 나도 네 나이 땐 그런 생각 했어.
　그 친구 의견도 좀 물어봐야 하지 않겠니?
　근데 너 내일 시크릿 댄서인지 그거 촬영이라 그러지 않았어?

▶ 진짜 어떡하냐. 확 그냥 펑크 내고 쫓아가버릴까.

▶ 야! 어디 가, 갑자기! 치우고 가, 이 자식아! 어?

▶ 뭐예요?

BEHIND CUT

BROKE ROOKIE STAR

EP. 10

우린 엑스피어스니까

▶ 내 스캔들 기사 쓴 기자 맞죠? 김한슬. 적어도 당신이 쓴 그 사진이
  사실인지 아닌지는 정확히 체크를 해보고 기사를 써요.

▶ 나도 뭐… 상처 주려고 그랬던 건 아니에요. 그쪽이 그랬죠? 다 똑같은 인간이라고.
  나도, 나도 그냥 회사에서 예쁨받고 싶은 인간이에요. 그치만 상처가 됐다면 죄송합니다.

▶ 우리 모두 비슷한 사람들이다. 조금 앞에 있거나 조금 뒤에 있거나 조금 다른 곳에 있거나.
　보이지 않아서 그렇지, 그냥 모두 근처에 있는 사람들일 뿐이다.

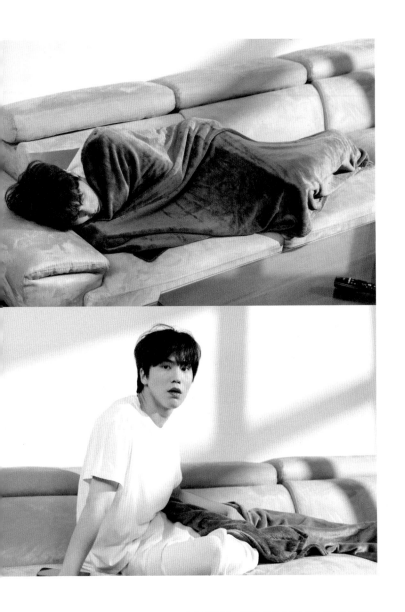

▶ 나를 깨우는 햇살. 그러니까 점심이란 뜻이고
오늘도 혼자라는 뜻이지. 혼자, 혼자…….
망할, 뭔 맨날 혼자야. 인생이 혼자니, 어?

▶ 여보세요? 뭐? 그게 무슨 말이야?

▶ 여러분, 안녕하십니까. '좋아요'로 우승자를
   결정하는 프로그램, 시크릿 댄서의 MC 준입니다.

▶ 오, 한다! 한다!

▶ 나온다! 나온다! 나온다!

▶ 아니, 근데 뭐가 좀 이상한데?

▶ 뭐가?

▶ 은현이 형이 원래 저런 춤을 췄었나?

▶ 방송 사고다. 어떡하지? 다 끝났다, 이제······.

▶ 아직 노래 안 끝났어.
난 아이돌이다.
그래, 한번 해보자. 끝까지.

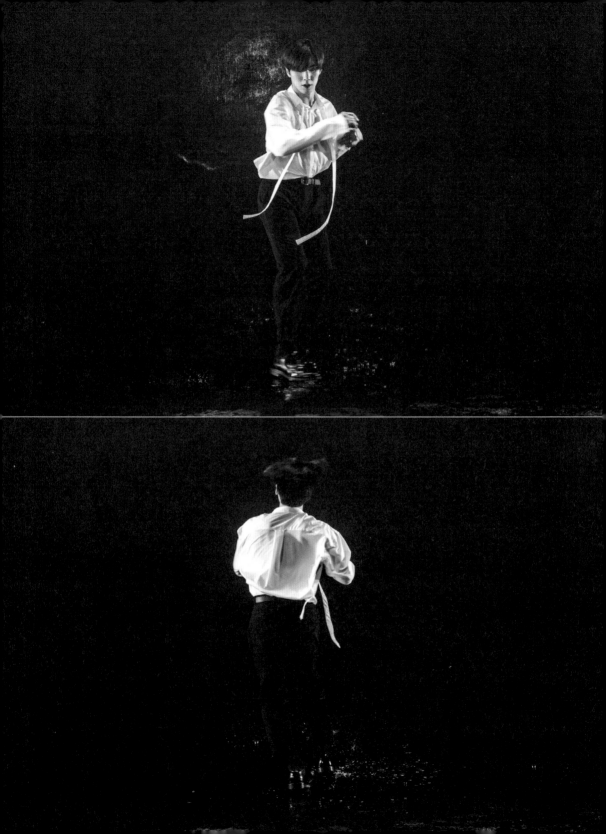

▶ 고마워, 그냥 가만히 있어도 되는데.

▶ 어떻게 가만히 있어. 잘 마무리해줬어야 했는데.

▶ 우리 모두 한때는 정말 없으면 죽을 것 같은 사람이 있었고, 헤어지자는 말에
주저앉아 일어서지 못하는 사람이 있었다. 그런 사람 앞에서는 어쭙잖은 위로의 말보다는
그저 가만히 지켜주는 것이 도움을 주는 일이다.

▶ 으휴, 바보. 멤버가 뭐라고.

▶ 다 끝났네. 나랑 상관없이 세상은 잘만 돌아가네.

▶ 근데 나 너무 신경 안 쓰는 거 아니냐? 그래! 사람 하나 살리려고 했다 생각하자고.
  엄마 보고 싶다. 집이나 가자. 안 해, 안 하면 될 거 아니냐고!

전원이 꺼져 있어 삐 소리 후 –

▶ 야, 휘연아! 왜 이렇게 전화를
안 받아, 인마! 대박, 대박,
대박! PPL이 들어왔는데
근데 이번엔 너래! 너!

제공 KBS미디어
기획/제작 PH E&M

책임프로듀서 박병건
연출 김현수
극본 김성진

출연 라키 문지후 최성민 이상 디모데 박진우 황성재 강보라 이수연 박은별 김나윤 지가민 최재은 신태양 김도연 고민재 서태화 윤현찬 윤경화 김학준 서범석 전환규 홍지혜 김현수 김은순 오송이

PH E&M
기획/제작/총괄 박병건 | 제작PD 장현석 | 제작부 서태화 이희경 | 조감독 김재현 | SCR 이다원 | 촬영감독 신기용 박영식 | 촬영A팀 오영빈 전진엽 이효진 장희수 | 촬영B팀 이제동 서유빈 김노현 | 조명감독 정대성 | 조명팀 정현수 오현우 장대전 이주헌 | 데이터매니저 [PH E&M] | 동시녹음 우성찬 | 붐오퍼레이터 남성현 | 의상 이두영 | 의상팀 김미랑 | 의상차량 조영래 한평우 | 헤어&분장 형준희 | 헤어팀 하루 설하 | 분장팀 김채원 기예원 정지우 수진 | 미술&소품 [PH E&M] | 미술팀 박이슬 | 소품팀 서태화 이희경 | 편집 김현수 김재현 이제희 | 음악 휘 | 오퍼레이터 휘 | Music Editor 휘 | 작곡 휘 해다 빌런즈 박필도 | 녹음 [부밍스튜디오스] [서울스튜디오] [PH SOUND] | OST Mixing Engineer 김상필 강철 | OST Mastering Engineer 김상필 | OST제작 [PH E&M] | DI [플레이포엔] | Colorist 류성욱 | CG 석장환 | 종합편집 [PH STUDIO] | 안무 [CODE88] | 단장 이제민 이유종 고경준 | 팀장 신규진 | 아역 [더 컴퍼니] | 보조출연 [월드기획] | 포토디렉터 최근우 | 포토그래퍼 양명준 | 포토어시스턴트 곽한솔 | 메이킹 [툴스미스] | 메이킹디렉터 전왕훈 | 메이킹촬영 장윤재 | 예고/타이틀 [707픽쳐스] [PH E&M] | 홍보영상 ㈜봄날 | 카메라장비 [메인캠플러스] | 카메라봉고 박수일 | 의상봉고 조영래 한평우 | 대본인쇄 [엔젤북스] | 법률자문 [법무법인 프라임] | 법무행정 박세준 | 회계 정지영

제작지원 서울특별시 인천광역시 인천영상위원회 대중소농어업협력재단